NIVEL

2

PAÑOL

Rinconete y Cortadillo

Miguel de Cervantes

español

Santillana
Universidad
de Salamanca

La colección LEER EN ESPAÑOL ha sido concebida,
creada y diseñada por el Departamento de Idiomas
de Santillana Educación, S. L.
La adaptación de la obra *Rinconete y Cortadillo*,
de **Miguel de Cervantes,** para el Nivel 2 de la colección,
es de **Victoria Ortiz González.**

Edición 1991
Coordinación editorial: **Silvia Courtier**
Dirección editorial: **Pilar Peña**

Edición 2008
Dirección y coordinación del proyecto: **Aurora Martín de Santa Olalla**
Actividades: **Lidia Lozano**
Edición: **Aurora Martín de Santa Olalla, Begoña Pego**

Miguel de Cervantes Saavedra (1547-1616) es el escritor más importante de la literatura española. Es, además, el autor español más conocido fuera de España.

En tiempos de Cervantes, España es un país cada vez más pobre y menos fuerte. Y el escritor vive la historia española en su propia carne: toma parte en las guerras contra los turcos y pierde una mano en la batalla de Lepanto. Pasa cinco años en Argel como prisionero de guerra. Ya de vuelta a España, solo consigue trabajos que apenas le dan dinero. En 1597 va de nuevo a la cárcel por problemas de dinero y de trabajo...

Además de El ingenioso hidalgo don Quijote de la Mancha, *Cervantes escribe, entre otras obras, las* Novelas ejemplares. *Estas se abren con sus famosas palabras:* «Yo soy el primero que ha escrito novelas en lengua española».

Las Novelas ejemplares *son doce novelas cortas donde Cervantes recoge ideas y asuntos muy diferentes. Pero lo hace siempre desde un juego literario que presenta, a un mismo tiempo, la cara alegre y la cara triste de la vida.*

Así ocurre en Rinconete y Cortadillo, *la historia, llena de humor, de una cofradía de ladrones.*

EL ESPAÑOL DE CERVANTES

Las formas de tratamiento en el español de los siglos XVI y XVII eran distintas a las actuales:

1. En lugar de «usted», para el trato cortés se usaba **vuestra merced** (plural: **vuestras mercedes**) con el verbo en tercera persona:

   Ej.: «¿De dónde es vuestra merced y adónde va?»
   (en vez de «¿De dónde es usted y adónde va?»).

   Ej.: «Vuestras mercedes sólo tienen que llevar la carne, la fruta o el pescado al sitio que manda el cliente»
   (en vez de «Ustedes sólo tienen que llevar...»).

   De **vuestra merced** tratan todos a Monipodio. Así se tratan también Rinconete y Cortadillo cuando se ven por primera vez.

2. En lugar de «tú», para el trato entre iguales o para dirigirse a un inferior se usaba **vos** con el verbo en segunda persona del plural. **Vos** tiene siempre un matiz de cortesía:

   Ej.: «¡Eh, chico! ¡Vamos! ¡Tenéis que ayudarme!»
   (en vez de «... ¡Tienes que ayudarme!»).

   Ej.: «Pues yo os voy a llamar a vos, Rincón, Rinconete, y a vos, Cortado, Cortadillo»
   (en vez de «Pues yo os voy a llamar a ti, Rincón, Rinconete, y a ti, Cortado, Cortadillo»).

   En plural se usaba **vosotros** con el verbo en segunda persona de plural.
   De **vos** se tratan Rinconete y Cortadillo entre sí, una vez que son amigos. De **vos** también trata Monipodio a sus hombres.

3. **Tú** se utilizaba solamente en el trato muy familiar o con gente muy inferior:

Ej.: «Vamos a ver, después de pegarte, ¿no te dio un beso el Repolido?».

De **tú** se tratan las prostitutas entre sí y de **tú** tratan a sus hombres. De **tú** trata también Monipodio a estas chicas.

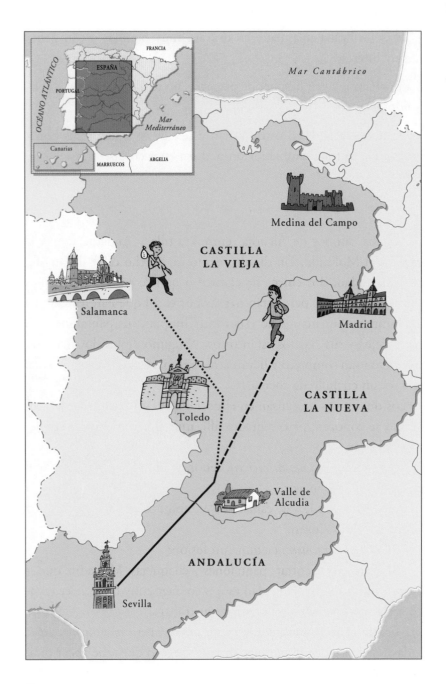

I

EN los campos de Alcudia, entre Castilla y Andalucía, está la venta[1] del Molinillo. Un día de verano de mucho calor llegan allí, por casualidad, dos chicos de catorce o quince años de edad. Los chicos son guapos, pero están negros por el sol que han tomado en los caminos. Sus manos no están muy limpias, sus pantalones son muy viejos y sus zapatos están rotos. Ninguno de los dos tiene capa[2], pero usan sombrero y llevan armas: uno, su espada[3] medio rota; el otro, un cuchillo de cocina.

Los dos chicos descansan en el portal que está delante de la venta. No se conocen, pero sentados allí, uno al lado del otro, empiezan a charlar:

–¿De dónde es *vuestra merced*, señor, y adónde va? –pregunta el chico que parece mayor.

–No sé de dónde soy, caballero[4], y tampoco sé hacia dónde voy –contesta el más joven.

–¿Tiene *vuestra merced* alguna profesión?

–Sí, claro. Yo sé cortar[5] pantalones y chaquetas. Mi padre, que es sastre[6], me enseñó, y la verdad es que lo hago muy bien... Pero tengo mala suerte y no consigo encontrar trabajo.

–Eso le ocurre siempre a la gente buena. Pero *vuestra merced* es todavía joven y puede cambiar su vida. Seguro que sabe hacer otras cosas y no me las ha dicho, ¿me entiende? –pregunta sonriendo el chico mayor.

–¡Hombre!, es que hay cosas que no debemos contar a todo el mundo –contesta el otro.

–Señor, yo también sé tener la boca cerrada, pero ahora me voy a presentar a *vuestra merced*. Y es que pienso que la suerte nos ha traído hasta aquí para hacernos amigos. Yo me llamo Pedro del Rincón. Mi padre es un hombre importante, que vende bulas[7] para la Santa Iglesia. Yo le ayudaba en su trabajo, pero pronto me di cuenta de que me gustaban más los reales[8] que las bulas. Pues bien, un día cogí todo el dinero que pude y me fui a Madrid. Allí, en pocas semanas, me lo gasté todo. Pero vinieron a buscarme los guardias por haber robado dinero de la Iglesia y tuve que salir de la ciudad... Y aquí estoy, caballero. Gracias a Dios, tengo estas cartas[9] y con ellas consigo bastante dinero para vivir.

En ese momento Rincón saca unas cartas sucias y rotas que guarda debajo de su camisa.

–La verdad es que juego muy bien a la veintiuna[10]. Pronto lo va a ver *vuestra merced*.

–Bien, señor. Ahora le voy a contar yo mi vida. Me llamo Diego Cortado y soy de un pueblo que está entre Salamanca y Medina del Campo. Como le dije, mi padre es sastre y me enseñó su profesión. Pero no me divertían los pantalones y chaquetas y empecé a cortar otras cosas. Y es que ¡me gustan tanto las bolsas[11]!, sobre todo si están llenas de dinero... La vida en el pueblo era bastante aburrida y decidí irme a Toledo. Allí, en sólo cuatro meses, hice unos trabajos maravillosos: robaba a las mujeres en el mercado y no se daban cuenta; cortaba todas las bolsas que encontraba... ¡De verdad que soy un buen sastre! Pero, un día, alguien le contó mis aventuras al Corregidor[12] y este caballero me llamó para conocerme. Yo preferí no visitar a un señor tan importante y me fui de la ciudad.

En ese momento Rincón saca unas cartas sucias y rotas que guarda debajo de su camisa.

–Bueno –dice Rincón–, ahora ya nos conocemos mejor. No tenemos ni dinero, ni zapatos ni caballos, pero creo que vamos a en-
tendernos.

–Yo también lo creo –contesta Cortado.

Los chicos se dan la mano como amigos. Rincón saca otra vez las
cartas de debajo de su blusa y le explica varios trucos[13] a Cortado.

Después los dos empiezan a jugar a la veintiuna.

II

A los pocos minutos, sale un viajero al portal y se sienta a jugar con ellos. Rincón y Cortado le hacen sus trampas[14] y en un momento le ganan diez reales. El viajero, enfadado, intenta coger su dinero, pero uno saca su espada y el otro su cuchillo y empiezan a pelear[15]. Por suerte para los jóvenes, en ese momento pasan por delante de la venta varios hombres a caballo. Cuando ven a un hombre tan grande pelear con dos chicos tan pequeños, bajan de sus caballos para ayudarlos. En seguida ponen fin a la pelea.

Los hombres van hacia Sevilla y proponen a los chicos viajar con ellos.

–Con *vuestras mercedes* vamos –dice Rincón.

Y, sin más palabras, el joven se sube a un caballo. Cortado hace lo mismo y allí se queda el viajero, solo y más que enfadado, pero sin poder hacer nada.

Durante el viaje a Sevilla, Rincón y Cortado tienen ocasión de abrir las maletas que llevan sus nuevos señores, pero no lo hacen. No quieren tener más problemas.

Sólo cuando ya están llegando a la ciudad, en un momento en que nadie lo mira, Cortado abre uno de los bolsos y saca de él dos camisas, un reloj de sol y alguna cosa más.

Ya en Sevilla, Cortado y Rincón dicen adiós a los caballeros y corren hacia el mercado del Arenal. Allí venden las dos camisas por veinte reales. Después, se van a ver la ciudad. Visitan la Iglesia Mayor y al final de la mañana llegan cerca del río. En la plaza, ven a muchos jóvenes correr de un lado a otro con una cesta[16] en la mano.

–¿Qué hace *vuestra merced*? –pregunta Rincón a uno de ellos–. ¿Cómo es ese trabajo en que está tan ocupado?

–¿Podría vuestra merced contarnos qué dinero saca al día y si el trabajo es cansado? Somos nuevos en Sevilla y no tenemos nada en que ocuparnos.

–Es un trabajo tranquilo. *Vuestras mercedes* sólo tienen que llevar la carne, el pescado o la fruta al sitio que manda el cliente. En un día pueden ganar bastante dinero. Además, siempre pueden coger alguna cosa de la cesta. Pero el cliente no debe darse cuenta, ¿eh...?

A Rincón y a Cortado les parece bien el trabajo y con el dinero de las camisas, compran tres cestas: una para la carne, otra para el pescado y otra para la fruta. El joven de la plaza les explica dónde pueden trabajar:

–Por las mañanas hay que ir a la plaza de San Salvador, los días de pescado a la Costanilla, y todas las tardes al río.

III

A la mañana siguiente, Cortado y Rincón llegan temprano a la plaza de San Salvador. Allí los esperan sus primeros clientes: un estudiante y un caballero. El estudiante habla con Cortado; el caballero llama a Rincón:

–¡Eh, chico! ¡Vamos! Tenéis que ayudarme.

–Encantado, señor. Hoy es mi primer día de trabajo y *vuestra merced* es mi primer cliente.

–Pues tenéis muy buena suerte, porque pienso pagaros bien por el trabajo. Hoy invito a comer a unas amigas de mi novia y quiero llevar estos paquetes a su casa.

–Muy bien, señor. Yo soy fuerte y puedo llevar los paquetes más pesados. Además, si es necesario, puedo también preparar la comida a las señoras...

El caballero se ríe, y empieza a meter cosas en la cesta de Rincón, hasta dejarla llena del todo. Luego le dice dónde está la casa de su novia y le paga. Rincón se va con los paquetes y a los pocos minutos está de vuelta en la plaza. Allí lo espera Cortado, que saca de su blusa una bolsa de color amarillo, llena de escudos[17] de oro.

–El estudiante me ha pagado con esta bolsa, además de darme dos escudos. Pero creo yo que debéis guardarla *vos*. Así yo me quedo más tranquilo.

Rincón coge la bolsa y la mete con cuidado entre su ropa.

A los pocos minutos vuelve a la plaza el estudiante, muy nervioso y con el color de la cara cambiado.

—¿Habéis visto la bolsa que llevaba yo hace un momento? —le pregunta a Cortado.

—No, señor, lo siento —contesta éste muy tranquilo. Yo no la he visto.

—¡Ay! ¡Pobre de mí! —grita el estudiante—. Seguro que la he dejado en algún sitio y alguien me la ha robado.

—¿Robar a *vuestra merced*? —pregunta Cortado—. No lo creo. *Vuestra merced* es persona que trabaja para la Iglesia, ¿no es verdad?

—Pues sí —contesta el estudiante—. Yo recojo el dinero de la Iglesia, ¡y ése es el dinero que me han robado!

—¡Oh! Entonces el asunto es muy serio —dice Cortado—. ¡Pobre del ladrón! No me cambio por él. Pero yo, señor, le voy a dar un consejo. Debe estar tranquilo. Todo tiene solución en esta vida. Porque de la nada nos hizo Dios y detrás de un día viene otro día y...

—¡Callaos ya, chico! ¡Por vuestra culpa, no sé qué digo! —grita el estudiante.

—¡Ay del ladrón! —dice Rincón—. ¡Cómo se le ocurre robar el dinero de la Iglesia! Pero —digo yo, por hablar de otra cosa— ¿cuánto gana al año *vuestra merced* con ese trabajo?

—¡Y yo qué sé! —grita el estudiante muy enfadado—. Estoy cansado de hablar y sólo quiero encontrar mi bolsa. Si *vos* sabéis dónde está, bien, y si no, me voy a buscarla ahora mismo.

Hace calor. El estudiante está muy nervioso y se limpia la cara con un pañuelo muy bonito y bastante caro. Cortado lo sigue deprisa por la plaza y, cuando el estudiante no se da cuenta, le roba también el pañuelo.

IV

U<small>N</small> joven que ha visto todo lo que ha pasado, llama a Rincón y a Cortado.

—Señores, ¿por casualidad son *vuestras mercedes* amigos del dinero de los demás?

—Perdónenos, caballero, pero no entendemos su pregunta —contesta Rincón.

—Entonces voy a hablarles más claro. Pregunto, señores, si *vuestras mercedes* son ladrones. Pero no sé para qué les pregunto esto. Ya sé que lo son. Pero, díganme, ¿por qué no han pagado al señor Monipodio?

—Pero bueno, ¿es que en esta ciudad hay que pagar para ser ladrón? —pregunta Cortado enfadado.

—¡Caballero!, si *vuestras mercedes* no pagan, deben al menos presentarse a nuestro jefe, el señor Monipodio. Él tiene que saber quiénes son, de dónde vienen, en qué trabajan... Y si no lo hacen así, van a tener serios problemas —explica el chico.

—Está bien, señor. Si así lo hacen los ladrones en Sevilla, así debemos hacer nosotros. Pero yo siempre he pensado que robar es una profesión libre. Sí, yo creo que no hay que pagar a nadie para hacer este trabajo. Pero no quiero hablar más. Vamos a ver al señor Monipodio, que debe ser un hombre muy amable, además de bueno en su trabajo —decide Cortado.

—¡Ya lo creo! –dice el chico.

—¿Por casualidad es *vuestra merced* ladrón? –le pregunta Cortado.

—Sí, señor. Yo también soy ladrón para servir a Dios[18] y a la buena gente.

—¿Un ladrón que sirve a Dios y a las buenas gentes? ¡Qué cosa más rara!

—Señor –contesta el chico–, yo pienso que cada uno en su profesión puede servir a Dios. Ya lo dice el señor Monipodio: «Después de robar, debéis dar siempre algún dinero a la Iglesia». Además, nosotros rezamos[19] todos los días, no robamos los viernes... Ah, y tampoco hablamos con mujeres llamadas María los sábados.

—Pero, con esa vida de ladrón, ¿cree de verdad *vuestra merced* que puede ir al cielo? –pregunta Cortado.

—Claro, señor. Ser ladrón no es tan malo. Es peor no creer en Dios o matar al padre o a la madre o...

—Todo está mal –dice Cortado–. Pero, bueno, ya hemos hablado bastante. Dese prisa, caballero, porque yo ya tengo ganas de saludar al señor Monipodio.

—Muy pronto va a poder verlo. Estamos ya delante de su casa. Espérenme *vuestras mercedes* en la puerta. Yo voy a entrar antes para ver si está ocupado.

El joven entra en una casa sucia y fea. Pocos minutos más tarde, abre otra vez la puerta y llama a Rincón y Cortado.

—*Vuestras mercedes* pueden pasar. Esperen aquí, en el patio[20]. Don Monipodio los va a recibir en seguida.

Rincón y Cortado entran en un patio muy limpio, con una planta en el medio y sillas alrededor. Cerca del patio hay una pequeña habitación con un cuadro de Nuestra Señora de las Aguas[21] en la pared.

De pronto empieza a llegar mucha gente. Primero entran dos estudiantes. Luego unos chicos con sus cestas y varios hombres altos y fuertes que llevan espada. Todos ellos se pasean por el patio. Poco después llega una vieja que, sin decir nada, entra a rezar en la habitación de la Virgen[22]. En pocos minutos han entrado en el patio once o doce personas.

V

EN aquel momento Monipodio baja la escalera. Todos callan y bajan la cabeza. Luego, uno a uno, le dan un beso en la mano. Más que un ladrón, Monipodio parece un rey.

Monipodio es un hombre de cuarenta y cinco o cuarenta y seis años, alto, fuerte y muy moreno. Viste pantalón ancho, camisa abierta y capa que le llega hasta los pies. Usa sombrero y lleva una espada muy pequeña.

Monipodio baja con Ganchuelo, el chico que ha traído hasta aquí a Cortado y a Rincón. Ganchuelo les presenta a su jefe:

–Éstos son los chicos que encontré esta mañana. He hablado bastante con ellos y creo que pueden trabajar con nosotros.

–Bien, bien, chicos –dice Monipodio–. ¿Cuál es vuestra profesión? ¿De dónde sois? ¿Quiénes son vuestros padres?

–¡Cuántas preguntas hace *vuestra merced*! –dice Rincón–. Caballero, nuestra vida no interesa a nadie y tampoco interesa el nombre de nuestros padres. Porque luego, si nuestra suerte es mala, no queremos meter en problemas a nuestras familias. Nosotros sólo queremos trabajar en esta ciudad y por eso estamos aquí.

–Decís bien, joven, pero al menos debo saber vuestros nombres.

–Yo me llamo Rincón y mi amigo se llama Cortado.

Monipodio es un hombre de cuarenta y cinco o cuarenta y seis años, alto, fuerte y muy moreno.

–Pues yo os voy a llamar a *vos*, Rincón, Rinconete, y a *vos*, Cortado, Cortadillo... En esta cofradía[23] nos gusta saber quiénes son los padres de todos los que trabajan con nosotros. Y es que, una vez al año, rezamos todos juntos por los parientes que han muerto. Ese mismo día, rezamos también por todos nuestros amigos: el guardia que nos avisa del peligro, el corregidor que olvida nuestros asuntos...

De repente, Monipodio se calla y pregunta a Ganchuelo:

–¿Están los vigilantes[24] en su sitio?

–Sí, claro –contesta el chico–. Tenemos a tres hombres en la calle. No debemos preocuparnos.

–Muy bien. Entonces podemos hablar tranquilos –dice Monipodio–. Decidme, chicos, ¿qué sabéis hacer?

–Yo, señor –dice Rinconete–, sé preparar las cartas y, así, gano siempre en el juego.

–Hombre –contesta Monipodio–, eso está bien. Preparar las cartas es buena cosa. Pero eso lo hace todo el mundo, hasta las personas que empiezan en la profesión. Debéis estudiar nuevos trucos. Pero no os preocupéis. Yo os voy a dar muchos buenos consejos. Y *vos*, Cortadillo, ¿qué sabéis hacer?

–Señor, yo sé el truco de «meter dos y sacar veinte»: meto las dos manos en la bolsa de un señor, y saco veinte escudos de oro. ¡Y soy muy rápido en mi trabajo!

–¿Y qué otras cosas hacéis? –pregunta otra vez Monipodio.

–Lo siento, señor, pero no sé hacer más trabajos.

–Tranquilo, Cortadillo –contesta Monipodio–, porque estáis en la mejor escuela del mundo. Yo os voy a enseñar alguna cosa más. Bien, chicos, ya sabéis que en nuestra profesión hay que tener siempre la boca cerrada, ¿verdad?

–¡Pues claro, señor Monipodio! –dice Cortado–. No somos tontos. Nosotros vemos, oímos y callamos.

–Entonces, no es necesario hablar más –decide Monipodio–. Creo que sois dos buenas personas y eso es bastante. Ahora mismo vais a entrar en nuestra cofradía.

–¡Muy bien! –grita la gente que está en el patio.

VI

U N chico llega muy asustado a la casa.

–¡Viene el alguacil[25]! –grita–. Pero no trae a los guardias...

–Tranquilos todos –dice Monipodio–. El alguacil es amigo mío. Voy a hablar con él.

Monipodio sale a la puerta de su casa. Al poco tiempo vuelve a entrar y pregunta en voz alta:

–¿Alguno de vosotros ha trabajado hoy en la plaza de San Salvador?

–Sí, yo estuve allí, señor –contesta Ganchuelo.

–Entonces, ¿por qué no me habéis enseñado la bolsa de color amarillo que se perdió en la plaza?

–¡Es que yo no he robado esa bolsa, señor! ¡Y tampoco sé quién lo hizo! –dice Ganchuelo.

–Pues tenemos que encontrar esa bolsa. Lo pide el alguacil, que es amigo mío. Este hombre me hace muchos favores al año.

Ganchuelo dice una y otra vez que él no sabe nada. Monipodio se enfada cada vez más y grita:

–¡De mí no se ríe nadie! ¡Vamos! ¿Dónde está esa bolsa?

En ese momento, Rinconete comprende que el asunto es serio. Pide consejo a su amigo Cortadillo y saca de entre su ropa la bolsa de color amarillo.

–Se acabó el problema. Ésta es la bolsa que pide el alguacil. Mi amigo Cortadillo se la robó a un estudiante esta mañana. Aquí está todo: la bolsa, los quince escudos de oro que tenía dentro y el pañuelo del estudiante.

–¡Ay, ay, Cortadillo el Bueno! –dice sonriendo Monipodio–. Así os voy a llamar desde ahora. Escuchad: el pañuelo es para *vos* y la bolsa para el alguacil, porque el estudiante es pariente suyo. Ya sabéis, debemos tener siempre contentos a los guardias...

VII

MONIPODIO sale a la calle para darle la bolsa al alguacil. A los pocos minutos vuelve con dos mujeres. Éstas llevan vestidos muy escotados[26] y la boca pintada de rojo. Las mujeres ríen y hablan con dos de los hombres que están en el patio: Chiquiznaque y Maniferro. Rinconete y Cortadillo se dan cuenta en seguida de que son dos prostitutas[27]. Detrás de ellas viene un chico, que deja una cesta muy grande en el suelo. Todos se ponen muy contentos. La Escalanta y la Gananciosa –pues así se llaman las chicas– han traído la comida.

En ese momento sale al patio la vieja que estaba en la habitación de la Virgen. Esta mujer, la señora Pipota, habla con Monipodio.

–Ayer el Renegado y el Centopiés dejaron una cesta de ropa en mi casa. No contaron las chaquetas y los pantalones que había en ella, pero yo –bien lo sabe Dios– no he cogido nada. En mi casa tengo la cesta robada.

–Bueno, señora Pipota –dice Monipodio–. Esta misma noche puedo ir a su casa.

–Entonces me voy –dice la vieja–. Tengo que comprar unas flores a Nuestra Señora de las Aguas y ya es tarde. Pero me duele mucho la cabeza... Por favor, Escalanta, ¿tienes un poco de vino para esta vieja? Sólo un vasito. Un poquito de vino es lo mejor para mi pobre cabeza.

—Aquí lo tiene, señora Pipota —dice la Escalanta, y le da un gran vaso de vino a la vieja.

—Gracias, Escalanta, es que no he desayunado, ¿sabes? Bueno, me voy. Eh, niñas, ¿tenéis un poco de dinero? Es que, con las prisas, olvidé mi bolso en casa y no traigo dinero para las flores.

—Yo tengo dinero, señora Pipota —dice la Gananciosa.

—Y yo también —contesta la Escalanta.

La vieja coge deprisa el dinero de las chicas y les dice adiós a todos:

—¡A divertirse y a vivir tranquilos! Ahora sois jóvenes y tenéis toda la vida por delante. Y, sobre todo, no os preocupéis por los guardias. Dios siempre ayuda a la buena gente.

VIII

LA vieja se ha ido. Monipodio y su gente, con el cuchillo en la mano, se sientan alrededor de la cesta. Es la hora de comer y tienen mucha hambre. La Gananciosa saca más de tres kilos de naranjas, luego un plato grande con trozos de pescado, medio queso de Flandes[28], aceitunas, pan y vino.

De repente, alguien llama a la puerta y todos se asustan. Todos menos Monipodio que, muy tranquilo, pregunta:

–¿Quién llama?

–Soy Tagarete, el vigilante. Aquí viene Juliana la Cariharta. Está llorando a gritos, porque algo malo le ha pasado.

Monipodio, tranquilo como siempre, abre la puerta y entra la Cariharta. La mujer parece de la misma profesión que las otras dos.

–¡Pido ayuda a Dios contra ese ladrón, contra ese mal hombre que me ha robado los mejores años de mi vida! ¡Casi me mata!

–Tranquila, Cariharta –dice Monipodio–. Aquí estoy yo para ayudarte. Vamos, vamos, ¿qué pasa? ¿Te has enfadado con tu protector[29]?

–¿Mi protector? –grita la Cariharta–. ¡Mire *vuestra merced*! ¡Así me paga mi protector!

Juliana se levanta las faldas y enseña sus piernas llenas de cardenales[30].

–El Repolido me ha pegado[31] –explica Juliana–. Él estaba jugando a las cartas. Perdía y me mandó a buscar treinta reales para pagar en el juego. Yo le traje sólo veinticuatro, porque no conseguí más. Pero el Repolido se pensó que yo me guardaba seis reales. Como es un animal, esta mañana me llevó al campo y allí casi me mata. ¡Por eso pido ayuda contra ese mal hombre!

–Juliana –dice la Gananciosa–, ya sabes que «el que bien te quiere te hace llorar». Vamos a ver, después de pegarte, ¿no te dio un beso el Repolido?

–Un beso sólo no. Me dio mil besos –contesta la Cariharta–. Y hasta lloraba por haberme pegado.

–¿Lo ves? –dice la Gananciosa–. Seguro que viene en seguida a buscarte.

–¡Un momento! –grita Monipodio–. El Repolido no va a entrar en esta casa, si antes no pide perdón a la Cariharta. ¡Vamos, hombre! ¡Hay que ser mala persona para hacer una cosa así! ¡Pegar a una mujer tan limpia y buena como Juliana...!

–¡Ay, por Dios! –grita la Cariharta–. Cállese *vuestra merced*. No quiero oír esas palabras. Ay, don Monipodio, ahora me acuerdo del Repolido... ¡Y creo que lo quiero más que antes! Tengo ganas de ir a buscarlo.

–No debes hacer eso, Juliana, porque en otra ocasión el Repolido puede pegarte mucho más. Quédate aquí –dice la Gananciosa–. Y, si el Repolido no viene a buscarte, no te preocupes. Le vamos a mandar una cartita que le va a dejar las cosas muy claras.

–¡Eso sí! –contesta la Cariharta–, porque tengo mil cosas que escribirle.

–Muy bien –dice Monipodio–, pero ahora debemos seguir con la comida.

—El Repolido me ha pegado... ¡Por eso pido ayuda contra ese mal hombre!

IX

Dos viejos de la cofradía preguntan a Monipodio si pueden volver a su trabajo.

–Podéis ir tranquilos –contesta éste–, pero debéis volver pronto con toda la información necesaria.

–¿Quiénes son esos dos? –pregunta Rinconete.

–¡Oh! Son dos caballeros muy buenos que trabajan para nosotros. Durante el día pasean por toda la ciudad y eligen las casas que nosotros podemos robar más tarde, por la noche. Además, nos avisan siempre que alguien va por la calle con la bolsa bien llena de dinerito.

De repente, alguien llama a la puerta.

–¿Quién es? –pregunta Monipodio.

–Soy yo, el Repolido. Por favor, ¿me deja pasar *vuestra merced*?

–¡No, señor Monipodio! –grita la Cariharta–. ¡Aquí no debe entrar ese mal hombre!

Monipodio no escucha a Juliana y abre la puerta. La chica corre a la habitación de la Virgen y cierra con llave por dentro.

El Repolido entra en la casa y llama a la Cariharta.

–Cariharta, mujer, no te enfades conmigo por más tiempo.

–Déjame tranquila, mal hombre. No quiero verte nunca más.

–Vamos, sal de ahí y vuelve a casa conmigo. Debemos olvidarlo todo...

—¡Fuera de aquí, Repolido! —grita la Cariharta.

El Repolido se enfada.

—Cariharta, me estoy cansando de esperar. ¡Abre la puerta de una vez! Si no lo haces, lo vas a pasar muy mal...

—¡Caballero! —grita Monipodio—. Nadie habla así en mi casa. Cariharta está asustada y no quiere veros. Dejadme a mí. Voy a hablar yo con ella.

Monipodio se acerca a la puerta y llama a la Cariharta.

—¡Ah, Juliana! ¡Ah, niña! ¡Cariharta mía! Sal fuera, por favor. El Repolido te va a pedir perdón, ¿verdad?

—Bueno... —dice el Repolido—. Pedir perdón no es cosa fácil para un hombre como yo. Pero, si Juliana quiere, yo le pido perdón una y mil veces.

Chiquiznaque y Maniferro se ríen de las palabras del Repolido y éste se enfada muchísimo:

—¿Quién se está riendo de mí? Andaos con cuidado. Por asuntos más pequeños, he matado ya a más de un hombre...

—*Vos* también debéis tener cuidado, Repolido, porque no me gustan estas bromas —contesta enfadado Chiquiznaque.

Los tres hombres se preparan para pelear. Por suerte, en ese momento, la Cariharta, que ha oído los gritos, sale de la habitación. La chica se acerca al Repolido, le coge de la capa y le da un beso.

—No pelees más, vida de mi vida, luz de mis ojos —le dice Juliana al Repolido—. Ahora mismo nos vamos tú y yo a casa juntitos.

—Los amigos no deben pelear entre sí ni enfadarse unos con otros —dice Monipodio—. Debéis daros todos la mano y quedar como amigos.

El Repolido y Chiquiznaque se dan la mano. La Escalanta empieza entonces a cantar:

> *Por un sevillano duro y frío*
> *tengo el corazón herido.*

Y sigue así la Gananciosa:

Por un hombre moreno de color verde
quién es la mujer que no se pierde.

La Cariharta no quiere ser menos:

Párate, enfadado, no me pegues más
que, si bien lo miras, a tus carnes das.

Chiquiznaque va a empezar otra canción cuando, de repente, vuelven a llamar a la puerta. Monipodio sale a ver qué ocurre.

—¡El Corregidor va a pasar ahora mismo por esta calle! —grita el vigilante.

Todos se quedan callados. La fiesta se ha acabado. La gente de Monipodio, muerta de miedo, empieza a correr hacia el piso de arriba. El patio se queda en silencio. Todos se han ido. Bueno, todos no. Rinconete y Cortadillo siguen allí, sentados sin saber qué hacer.

Pocos minutos más tarde, vuelve el vigilante y grita:

—¡Pueden salir! ¡Ya se ha ido el Corregidor!

X

No se ha ido todavía el vigilante cuando llega a la casa de Monipodio un hombre con la cara muy seria. Monipodio le manda pasar y llama a Chiquiznaque, a Maniferro y al Repolido.

—¿Qué le pasa a *vuestra merced*? —pregunta Monipodio—. Parece estar muy enfadado.

—Lo estoy, señor Monipodio, lo estoy. Vamos a ver, hace unos días yo le mandé dar una cuchillada[32] de catorce puntos[33] al caballero de la esquina, y *vuestra merced* no lo ha hecho. ¿Puedo saber por qué?

Monipodio pregunta a Chiquiznaque:

—¿Qué ha ocurrido con ese trabajo?

—Ayer estuve esperando a ese caballero en la puerta de su casa. Pero, cuando llegó a su portal, vi que su cara era muy pequeña. Yo no podía dar una cuchillada de catorce puntos en una cara así... ¡No había sitio, señor Monipodio!

—Bueno, bueno. Entonces ¿qué hicisteis?

—¡Hombre! —explica Chiquiznaque—, el trabajo lo tenía que hacer... Y no vi otra solución que darle la cuchillada de catorce puntos al criado[34] del caballero. ¡Ése sí tenía la cara grande!

—Pero ¡por Dios! —grita el hombre—, era mejor dar una cuchillada de siete puntos al caballero que una de catorce a su criado. Ya veo que he perdido los treinta escudos que le pagué. Por suerte, no es demasiado dinero... Bueno, caballeros, tengo prisa. Adiós. Yo ya me voy.

–¡Ah, no! –dice Monipodio–. Eso no es así. Señor, nosotros hemos hecho nuestro trabajo. El precio era de cincuenta escudos y *vuestra merced* ha pagado sólo treinta. Nos debe veinte escudos.

–Pero ¿cómo voy a pagar por un trabajo que no está bien hecho? Yo mando dar una cuchillada al caballero y *vuestra merced* ¡se la da a su criado!

–Eso da igual, señor –explica Chiquiznaque–. Mi abuelo siempre decía: «Quien mal quiere a Torcuato, mal quiere a su gato». Torcuato es el caballero; *vuestra merced* no lo quiere. El criado es el gato. Pues bien, si le pego al gato, también le pego a Torcuato. ¿Entiende, señor? El caballero y el gato son una misma cosa. Por eso, el asunto está muy claro: *vuestra merced* debe pagar los veinte escudos que debe al señor Monipodio.

–¡Habláis bien, Chiquiznaque! Y a *vuestra merced* –dice Monipodio– no pienso repetírselo más veces: primero debe pagarme el dinero que nos debe. Y luego, si todavía piensa como antes, el caballero de la esquina puede recibir una cuchillada.

–Sí –contesta el caballero–. Eso es lo que quiero. Además, voy a pagar ahora mismo. Aquí le dejo estas joyas de oro. Son para pagar los veinte escudos que debo y los cuarenta escudos que son el precio de este nuevo trabajo.

Monipodio coge las joyas y las mira una y otra vez. Cuando ve que de verdad son de oro, las guarda deprisa en su bolsa.

–Bien, caballero –dice sonriendo–. Esta misma noche, el caballero de la esquina va a recibir una bonita cuchillada. Os doy palabra de Monipodio.

–Eso espero. Adiós.

XI

MONIPODIO llama a toda su gente y abre un libro. Como no sabe leer, pide ayuda a Rinconete. El joven empieza a leer en voz alta:

Trabajos que debemos hacer esta semana
Primero: cuchilladas
—La primera, al caballero de la esquina: vale cincuenta escudos. Hemos recibido treinta. El trabajo lo va a hacer Chiquiznaque.

—Me parece que esta semana no había más cuchilladas —dice Monipodio—. Leed el punto sobre «golpes».

Rinconete empieza otra vez a leer. Todos lo escuchan en silencio.

Segundo: golpes
—Doce golpes fuertes al hombre de la tienda de la plaza. El precio es de un escudo por golpe. Ya hemos dado ocho golpes. Los otros cuatro debe darlos Maniferro esta semana.

—Ese trabajo está hecho. ¿Hay más golpes, hijo?

—Sí, señor, uno más —responde el chico.

—*Seis golpes para el hombre llamado Silguero. El precio es de seis escudos. El trabajo lo va a hacer el Repolido.*

—¿Todavía hay más, joven?

—Sí, señor. El libro sigue aún durante un buen rato.

—Pues dejadlo ya, porque se está haciendo tarde y hace mucho calor —dice Monipodio—. Ahora, volved todos a vuestro sitio. El do-

Rinconete empieza otra vez a leer. Todos lo escuchan en silencio.

mingo que viene os espero aquí en mi casa. Como siempre, debéis traer todas las cosas robadas durante la semana. ¡Y he dicho todas! Ya sabéis que yo luego os doy vuestra parte del dinero. ¡Ah! Rinconete y Cortadillo trabajan esta semana en las calles que están cerca del río. *Vos*, Ganchoso, vais con ellos y les enseñáis dónde pueden trabajar. El río es un buen sitio. He visto a otros menos listos que ellos sacar de allí mucho dinero.

Monipodio saca un papel en blanco y le dice así a Rinconete:

–Escribid aquí vuestro nombre y el de Cortadillo. Debéis decir así: «En el día de hoy, entran en la cofradía de Monipodio Rinconete y Cortadillo. Rinconete: trucos de cartas. Cortadillo: ladrón de bolsas». Si así lo queréis, podéis callar el nombre de vuestros padres y el pueblo del que venís.

Poco a poco, el patio de Monipodio se está quedando vacío. Ya se han ido Repolido y la Cariharta, la Escalanta y Maniferro, la Gananciosa y Chiquiznaque... Después de dar un beso en la mano a Monipodio, se van también Rinconete y Cortadillo.

Rinconete y Cortadillo piensan en todo lo que han visto y oído este día. Rinconete es muy joven, pero es un chico listo y muy bueno en el fondo. Sabe leer y escribir. Su padre –aquel hombre tan importante que vendía bulas para la Iglesia– le enseñó cuando era niño. Él entiende qué cosas son buenas y qué otras no lo son.

La cofradía de Monipodio le parece muy original. ¡Todos usan unas palabras tan divertidas! ¡Y ese señor Monipodio, que parece un rey más que un ladrón! Y lo más extraño: todos ellos son ladrones, hombres que viven de la mentira; y, sin embargo, piensan que Dios los ayuda y que, con la vida que llevan, pueden ganar el cielo.

Pero Rinconete sabe que se equivocan. Sabe que a Dios no puede gustarle esa vida. Y no sólo eso. Una ciudad tan grande, tan rica y famosa como Sevilla no puede estar así, en manos de tanta mala gente.

No, los dos chicos no pueden seguir mucho tiempo en esta cofradía. Rinconete debe proponerle a su amigo cambiar de profesión y dejar esa vida demasiado libre y llena de peligros.

Pero Rinconete y Cortadillo son aún muy jóvenes y no quieren preocuparse. Todavía van a pasar unos meses en la cofradía del señor Monipodio... Unos meses llenos de aventuras que os tengo que contar en otro libro.

ACTIVIDADES

Antes de leer

1. Antes de empezar la lectura de *Rinconete y Cortadillo,* vas a descubrir las características esenciales de la novela, lo cual te ayudará posteriormente a comprender mejor la historia.

   Fíjate en el título, ojea las ilustraciones que hay a lo largo de la novela y responde a estas preguntas.

   ¿Cuál crees que puede ser el tema principal de la novela?

   a. Las aventuras de dos jóvenes.

   b. La historia de una familia pobre.

   c. La historia de dos hermanos huérfanos.

   ¿Dónde ocurre la historia?

   d. En el norte de España.

   e. En Castilla y Andalucía.

   f. En Portugal.

   ¿A qué español pertenecen las formas de tratamiento *vuestra merced* y *vos?*

   g. Al español actual.

   h. Al español del siglo XIX.

   i. Al español de hace cuatro siglos.

   ¿Qué significan esas formas?

   j. «Usted» y «tú», respectivamente.

   k. «Vosotros» y «tú», respectivamente.

   l. Las dos significan «usted».

2. Para entrar un poco más en detalle, reflexiona sobre las siguientes cuestiones.

    a. ¿Cuántos capítulos tiene la lectura?

    b. ¿En qué persona y tiempo están escritos?

    c. ¿A qué crees que se dedican los protagonistas de la historia?

3. Aquí te ofrecemos algunos datos de la vida y obra del autor de *Rinconete y Cortadillo*. ¿Sabrías relacionarlos con el hecho al que se refieren, según el texto de la página 3 de la novela?

1. 1547-1516
2. *Don Quijote de La Mancha*
3. Batalla de Lepanto
4. Cinco años en Argel
5. Va a la cárcel

a. Batalla en la que participa Cervantes.

b. Su novela más famosa.

c. Por problemas de dinero.

d. Tiempo que pasa como prisionero de guerra.

e. Fecha de nacimiento y muerte de Cervantes.

1. —————————————————————————

2. —————————————————————————

3. —————————————————————————

4. —————————————————————————

5. —————————————————————————

4. ¿Qué Comunidades Autónomas actuales crees que se corresponden con las antiguas regiones de Castilla la Vieja y Castilla la Nueva?

Durante la lectura

Capítulo I

5. ① Antes de leer el capítulo, escúchalo e intenta responder a las siguientes preguntas.

a. ¿Dónde se conocen los dos protagonistas de la historia?

b. ¿En qué trabajan sus padres?

c. ¿Qué hacía Rincón con el dinero de la Iglesia?

d. ¿Siguió Cortado la profesión de su padre?

6. Ahora lee el capítulo I y corrige tus respuestas.

7. ¿Cómo deben interpretarse las frases subrayadas?

   a. Cortaba todas las bolsas que encontraba. <u>¡De verdad que soy un buen sastre!</u> _____

   b. Pero un día, alguien le contó mis aventuras al Corregidor y este caballero me llamó para conocerme. <u>Yo preferí no visitar a un señor tan importante y me fui de la ciudad.</u> _____

8. ¿Por qué crees que emplean la ironía en esos casos y no dicen las cosas claras?

   a. Porque están hablando de delitos y prefieren no decirlo claramente.

   b. Porque no saben expresarse de otra manera.

   c. Porque les gusta mentir.

Capítulo II

9. ② Antes de leer el capítulo, escúchalo y marca la opción que mejor resuma lo que ocurre en él.

   a. Los dos nuevos amigos, Rincón y Cortado, juegan a las cartas con un viajero y ganan dinero. Se hacen amigos de ese señor y los tres van juntos a Sevilla, donde empezarán a trabajar como recaderos, llevando comida a clientes.

   b. Rincón y Cortado engañan a un viajero con sus cartas y consiguen diez reales. El viajero se enfada y empiezan a pelear, pero unos hombres que pasaban por allí a caballo ayudan a los chicos. Los chicos van a Sevilla con ellos, y cuando llegan empiezan a trabajar transportando mercancías.

   c. Rincón y Cortado juegan a las cartas y Rincón gana diez reales a Cortado. Este se enfada y los dos empiezan a pelear. Unos hombres que pasaban por allí a caballo paran la pelea y los invitan a ir con ellos a Sevilla. Los dos chicos dicen que sí.

10. Ahora lee el capítulo y comprueba si has acertado.

11. Los dos jóvenes ven que los señores que los llevan a Sevilla tienen varias maletas. ¿Qué hacen? Escoge la opción más precisa.

   a. Al final del viaje, les roban todas las maletas.

   b. No les roban las maletas, porque no quieren problemas.

   c. Les roban dos camisas, un reloj de sol y alguna otra cosa que había en un bolso.

12. ¿Te parece que actúan correctamente? ¿Por qué?

13. Ordena las frases según el orden de los sucesos en la última parte del capítulo.

   ☐ a. Una cesta es para la fruta, otra para la verdura y otra para la carne.

   ☐ b. El chico les explica que pueden trabajar llevando comidas a los clientes.

   ☐ c. Los dos amigos deciden aceptar el trabajo.

   ☐ d. Rincón y Cortado preguntan a un chico dónde pueden trabajar.

   ☐ e. Con los veinte reales que obtienen de vender lo que robaron compran tres cestas.

Capítulo III

14. ③ Antes de leer el capítulo, escúchalo y relaciona con flechas el principio y el final de las siguientes oraciones.

a. Esa mañana Rincón y Cortado van a…	a. … porque ha perdido la bolsa.
b. El primer cliente de Rincón…	b. … dinero de la Iglesia.
c. Cortado da a Rincón…	c. … quiere llevarle comida a su novia.
d. La bolsa contenía…	d. … que no saben dónde está.
e. El estudiante está preocupado…	e. … una bolsa con dinero, del estudiante.
f. Rincón y Cortado dicen…	f. … la plaza de San Salvador.

15. Después, lee el capítulo y corrige las respuestas.

16. Escribe las preguntas para las siguientes respuestas.

Pregunta: _____

Respuesta: Porque le va a pagar bien su trabajo.

Pregunta: _____

Respuesta: Lo guarda Rincón.

Pregunta: _____

Respuesta: Hace calor.

17. Fíjate en las siguientes exclamaciones, y relaciónalas con su significado:

1. ¡Ay! ¡Pobre de mí!
2. ¡Ay del ladrón!
3. ¡Y yo qué sé!
4. ¡Callaos ya, chico!

a. Expresión para ordenar a alguien que deje de hablar.

b. Expresión para demostrar falta de interés ante una pregunta.

c. Expresión para amenazar a alguien.

d. Expresión para autocompadecerse.

a. _____

b. _____

c. _____

d. _____

Capítulo IV

18. (4) Antes de leer esta parte de la historia, escúchala y marca las palabras en el texto que no se corresponden con lo que se cuenta. Sustitúyelas por las palabras adecuadas.

Un anciano que ha visto cómo Rincón y Cortado le robaban la camisa al estudiante les dice que, si quieren ser ladrones, deben presentarse al señor Monipodio. Cortado piensa que eso es normal, y que robar es una profesión libre. Los dos amigos deciden visitar a Monipodio. El joven los acompaña a su casa, y los dos chicos esperan en el patio a que Monipodio los reciba.

19. En este capítulo se emplea con frecuencia el modo imperativo. ¿Quién emite las siguientes órdenes?, ¿y en qué momento?

Pero, díganme, ¿por qué no han pagado al señor Monipodio?

a. Quién: _____

b. Cuándo lo dice: _____

Dese prisa, caballero, porque yo ya tengo ganas de saludar al señor Monipodio.

c. Quién: _____

d. Cuándo lo dice: _____

Espérenme vuestras mercedes en la puerta.

e. Quién: _____

f. Cuándo lo dice:

Esperen aquí, en el patio.

g. Quién: _____

h. Cuándo lo dice: _____

20. Los siguientes comentarios son cómicos porque contrastan dos elementos. ¿Cuáles son en cada caso?

a. Pero bueno, ¿es que en esta ciudad hay que pagar para ser ladrón?

_____

b. Sí, señor, yo también soy ladrón, para servir a Dios y a la buena gente.

_____

c. Pero, con esa vida de ladrón, ¿cree de verdad vuestra merced que puede ir al cielo?

_____

Capítulo V

21. ⑤ Antes de leer el capítulo, escúchalo e intenta responder a las preguntas.

a. ¿Cómo saludan todos a Monipodio?

b. ¿Cómo se le describe?

c. ¿Qué nombre les da Monipodio a los dos protagonistas?

d. ¿Qué responde Rincón a las preguntas de ese señor sobre su familia?

22. Ahora lee el capítulo y comprueba si has acertado.

23. Monipodio parece un hombre decente, por sus buenas palabras, pero realmente esas palabras tienen un significado muy distinto. Aquí te ofrecemos el significado real de una serie de comentarios de Monipodio. ¿Sabrías encontrar en la lectura el comentario correspondiente en cada caso?

a. _____

Significado real: En nuestra cofradía rezamos por los que nos ayudan a robar a la gente.

b. _____

Significado real: Os voy a enseñar nuevas formas de robar a la gente.

c. _____

Significado real: Creo que vais a robar mucho para mí, y eso es lo único que me interesa saber.

45

Capítulo VI

24. Antes de escuchar y leer esta parte de la historia, reflexiona un momento sobre lo que crees que puede ocurrir a partir de ahora.

    a. ¿A qué se van a dedicar Rinconete y Cortadillo?
    b. ¿Para quién van a trabajar?
    c. ¿Van a tener problemas con los guardias?
    d. ¿Va a ser Monipodio amable con ellos?

25. ⑥ Ahora, escucha el capítulo y después, comprueba si has acertado en tus suposiciones.

26. Busca en la sopa de letras (de izquierda a derecha y de arriba abajo) las palabras clave de esta parte de la historia, cuyo significado corresponde a las siguientes definiciones.

    a. Empleado del Corregidor.
    b. Quitarle algo a alguien, para quedárselo.
    c. Saco pequeño en el que se guarda el dinero.
    d. Pedazo de tela pequeño y cuadrado que se usa para limpiarse la nariz o el sudor.

E	R	T	A	Y	U	M	N	E
O	B	L	A	R	S	I	N	R
M	O	R	T	U	B	O	L	O
A	L	G	U	A	C	I	L	B
E	S	T	I	V	E	R	U	A
S	A	N	T	E	Q	U	E	R
I	N	O	T	E	R	A	L	O
C	P	A	Ñ	U	E	L	O	N
V	U	I	O	P	A	E	S	Z

27. Ahora, lee el capítulo y acaba de completar la sopa de letras, si fuera necesario.

28. En esta novela, no toda la información se dice claramente: algunas cosas deben leerse entre líneas. ¿Qué significa exactamente la última frase?

Debemos tener siempre contentos a los guardias…

a. Los guardias son buenas personas y nosotros los respetamos.

b. Si cometemos algún delito, debemos decírselo a los guardias.

c. Si los guardias nos piden algo, debemos complacerlos porque así nos dejan robar en paz.

Capítulo VII

29. ⑦ Antes de leer este capítulo, escúchalo y completa el nombre de cada personaje que se menciona en él.

a. El jefe de la cofradía: Mo_ipo_io.

b. Un joven que hace trampas con las cartas: Rinco_ete.

c. El amigo de ese joven, que roba bolsas con agilidad: Corta_illo.

d. Dos mujeres que llegan con comida: la Es_ala_ta y la _anan_iosa.

e. Una señora mayor que quiere comprar flores a la Virgen: la señora _i_ota.

f. Dos hombres que han robado una cesta con ropa: el Re_egado y el _ento_iés.

30. Ahora, lee el capítulo y comprueba si has acertado.

31. ¿Te parece que ésos son sus nombres reales? Justifica tu respuesta.

32. Como probablemente habrás deducido, muchos de los nombres son apodos que describen la actividad o el carácter del personaje en cuestión. ¿Qué pueden describir los siguientes nombres?

Cortadillo:

a. Corta bolsas para robar el dinero.

b. Corta ropa para hacer trajes.

Gananciosa:

c. Es una persona graciosa.

d. Está con los hombres para ganar dinero.

Centopiés:

e. Es muy rápido cuando tiene que huir de los guardias.

f. Tiene los pies muy grandes.

33. Responde a las siguientes preguntas sobre la lectura.

a. ¿Qué profesión tienen la Escalanta y la Gananciosa?

b. ¿Qué tiene la señora Pipota en su casa?

c. ¿Qué ofrece la Escalanta a la señora Pipota?

d. ¿Para qué pide dinero a las chicas esa señora?

Capítulo VIII

34. Antes de escuchar y leer el siguiente capítulo, fíjate en la ilustración de la página 28.

a. ¿Quiénes crees que pueden ser las mujeres del dibujo?

b. ¿Qué profesión tienen?

c. ¿Cómo se siente la mujer del centro?

d. ¿Qué crees que ha pasado?

e. Si ella ha tenido algún problema, ¿crees que la va a ayudar Monipodio?

35. (8) Escucha el capítulo y comprueba tus respuestas.

36. Varios de los personajes expresan sus sentimientos mediante exclamaciones. Relaciona cada exclamación con su significado, según el texto.

a. ¡Un momento!

b. ¡Vamos, hombre!

c. ¡Ay, por Dios!

d. ¡Eso sí!

a. Expresa su indignación.

b. Expresa que está de acuerdo con algo.

c. Expresa pena y dolor.

d. Ordena que la gente deje de hablar porque él quiere intervenir.

Capítulo IX

37. (9) Antes de leer el capítulo, escúchalo y responde a las siguientes preguntas.

a. ¿Quién llega a la cofradía?
b. ¿La Cariharta quiere verlo?
c. ¿Cómo reacciona él?

38. Ahora, lee el capítulo y comprueba si has acertado en tus respuestas.

39. Fíjate en el siguiente mini-resumen. Después, amplíalo según lo que has entendido en el capítulo. Para organizar tu redacción, te puede ayudar la ficha y los conectores discursivos que te proponemos.

Repolido va a la cofradía para buscar a la Cariharta, pero ella no quiere verlo. Éste le pide perdón y la mujer regresa con él.

---

entonces - después - más tarde - porque - pero - por eso - finalmente

---

Introducción (lugar, personajes)
_____
_____

Problema (personajes, causa del problema)
_____
_____

Solución (personajes, solución del problema)
_____
_____
_____

40. Responde a las siguientes preguntas sobre la lectura.

    a. ¿Cómo ayuda Monipodio a la Cariharta?

    b. ¿Piensas que ha actuado bien?

    c. ¿Qué decide hacer la Cariharta al final?

    d. ¿Piensas que es una buena decisión?

Capítulo X

41. ⑩ Antes de leer el capítulo, escúchalo y completa las siguientes oraciones.

    a. Llega a casa de Monipodio un _____ con la cara muy seria.

    b. El señor está enfadado porque Chiquiznaque no hace bien su _____.

    c. Monipodio pregunta a _____ por qué no hizo su trabajo.

42. Ahora lee el capítulo y comprueba si has acertado.

43. Chiquiznaque se defiende porque dicen que no hace bien su trabajo. Aquí resumimos lo que dice, pero tres palabras realmente no existen. ¿Sabrías encontrar las palabras adecuadas en su lugar?

    Me mandaron darle una cuchillada de somorte puntos en la cara del señor. Pero le di una cuchillada a su temarido, porque el señor tenía la cara demasiado pequeña. En cambio, el criado tenía una cara muy solante.

44. Responde a las siguientes preguntas sobre la lectura.

    a. ¿Qué responde el cliente que ordenó la cuchillada?

    b. ¿Crees que realmente el señor tenía la cara muy pequeña o hay alguna otra razón por la cual Chiquiznaque no quiso atacarlo?

    c. ¿Cómo reacciona Monipodio? Por lo que has leído hasta ahora, ¿cuál piensas que es su función en la cofradía?

    d. ¿Por qué está Monipodio tan interesado en defender a los ladrones?

45. Busca la palabra «chico» en el Diccionario de la Real Academia Española (www.rae.es). Escribe el primer significado que aparece. Después, responde a las preguntas.

chico 1. adj. _____

_____

a. ¿Cómo crees que es físicamente Chiquiznaque, según lo que indica su nombre?

b. ¿Recuerdas cómo se llaman los nombres que describen alguna característica de la persona a quien se refieren? Comprueba tu respuesta volviendo a las preguntas sobre el capítulo VII.

46. La historia que se relata en este capítulo tiene una parte cómica y otra parte trágica. ¿Puedes describirlas en dos líneas?

a. Parte cómica: _____

b. Parte trágica: _____

Capítulo XI

47. ⑪ Antes de leer este capítulo, escúchalo y subraya las oraciones que son verdaderas.

a. Monipodio llama a todos en la cofradía para escribir los trabajos en el libro.

b. Rinconete lee el libro porque Monipodio no sabe leer.

c. Los trabajos del libro consisten en cuchilladas y golpes a otras personas.

48. Ahora lee el capítulo y comprueba si has acertado.

49. Después de leer el capítulo, describe la ilustración de la página 35, usando la perífrasis «estar + gerundio» cuando sea necesario.

En la ilustración hay _____

Están en _____

El joven del centro está _____

Las otras personas están _____

50. Fíjate en la lista de los trabajos por hacer que lee Rinconete.

    a. ¿Qué trabajos son?

    b. ¿Quién va a hacerlos?

    c. ¿Cuánto dinero reciben por cada trabajo?

    d. ¿Rinconete lee la lista completa?

51. ¿Por qué es divertida esta situación?

    a. Porque los trabajos son demasiado difíciles para ellos.

    b. Porque los trabajos son muy extraños, pero en la cofradía piensan que son normales.

    c. Porque los trabajos son delitos, pero en la cofradía los consideran un trabajo digno.

52. Relee la última página de la novela y completa los huecos.

Rinconete piensa que las personas de la cofradía realmente no saben diferenciar lo que está bien de lo que está (a.) _____. Pero él sabe que lo que hacen no está bien y que a Dios no puede gustarle ese estilo de (b.) _____. Rinconete debe hablar con su (c.) _____ para proponerle cambiar de profesión. Pero aún son jóvenes, y por eso no van a preocuparse durante unos (d.) _____.

Después de leer

53. Vuelve a ojear las cuatro ilustraciones de la novela. ¿Qué momento de la historia describe cada una?

    1. _____

    2. _____

    3. _____

    4. _____

54. Ahora que has acabado la lectura de *Rinconete y Cortadillo*, seguro que entiendes mejor los detalles de la historia. Responde a las preguntas.

a. Pág. 8

… en sólo cuatro meses, hice unos trabajos maravillosos: robaba a las mujeres en el mercado y no se daban cuenta…

¿Se repite esta acción en algún momento en la historia? ¿Dónde y con quién?

b. Pág. 13

El estudiante me ha pagado con esta bolsa, además de darme dos escudos.

¿Realmente el estudiante le ha dado la bolsa?

c. Pág. 34

Ya hemos dado ocho golpes. Los otros cuatro debe darlos Maniferro esta semana.

El nombre de Maniferro ya había aparecido anteriormente. ¿Puedes deducir ahora por qué se le da ese nombre?

55. El escritor de *Rinconete y Cortadillo* es también autor de la obra considerada más famosa en la literatura española: *Don Quijote de la Mancha*. Busca información en Internet sobre esa novela y completa la ficha.

Nombre completo del escritor
_____

Título completo de la novela
_____

Año de publicación
_____

Los dos protagonistas principales
_____

Resumen de la historia
_____

56. La historia ocurre en la ciudad de Sevilla, España. ¿Conoces esa ciudad? ¿Sabrías decir a qué fotografía corresponde cada uno de estos nombres?

Reales Alcázares, la Giralda, la catedral de Sevilla, Torre del oro

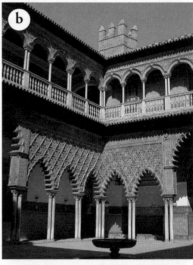

57. ¿Qué has aprendido a lo largo de la lectura de *Rinconete y Cortadillo*?
Aquí tienes una ficha para que te evalúes como lector y estudiante de
español y seas más consciente de tu actuación y progreso.

	Siempre	Casi siempre	Casi nunca	Nunca
Me he documentado sobre las características principales de la novela, para estar más preparado al leerla.				
Para comprender mejor el texto, he usado diccionarios, gramáticas y otros materiales.				
Si no entendía una palabra, he intentado deducir su significado según el contexto.				
Cuando leía escribía el vocabulario y las expresiones nuevos, para poder recuperarlos si era necesario.				
Si me perdía en algún punto de la lectura, hacía una rápida revisión de todo lo leído para situarme, antes de continuar.				
Cuando lo he necesitado, he pedido ayuda a mi profesor, compañeros o a otras personas que pueden responder a mis dudas y preguntas.				

58. ¿Qué has aprendido a lo largo de la lectura? Compara tus respuestas con las de tu compañero.

- Vocabulario: _____

  _____

- Gramática: _____

  _____

- Lugares geográficos: _____

  _____

- Cultura: _____

  _____

- Otros: _____

  _____

SOLUCIONES

1. a/e/i/j

2. a. Once. b. Tercera persona, del singular y del plural, del presente de indicativo. c. A robar.

3. 1. e. 2. b. 3. a. 4. d. 5. c.

4. Castilla la Vieja es Castilla y León; Castilla la Nueva es Castilla-La Mancha.

5. a. En la venta del Molinillo. b. El padre de Cortado es sastre, el padre de Rincón trabaja para la Iglesia. c. Se lo quedaba. d. No.

7. a. Sé robar muy bien. b. No quería que el Corregidor me metiera en la cárcel y huí.

8. a.

9. b.

11. c.

12. No: deberían sentirse agradecidos porque esos hombres los llevaron a Sevilla sin pedirles nada a cambio.

13. 1. d. 2. b. 3. c. 4. e. 5. a.

14. a. → f.; b. → c.; c. → e.; d. → b.; e. → a.; f. → d.

16. a. ¿Por qué tiene suerte Rincón? b. ¿Quién guarda el dinero del estudiante? c. ¿Qué temperatura hace en Sevilla?

17. a. → 4.; b. → 3.; c. → 2.; d. → 1.

18. anciano → joven; camisa → bolsa; normal → anormal.

19. a. El joven. b. Cuando se da cuenta de que los dos chicos roban. c. Cortado. d. Antes de llegar a casa de Monipodio. e. El joven. f. Cuando llegan a casa de Monipodio. g. El joven. h. Cuando ya están en el patio de casa de Monipodio.

20. a. Pagar y cometer delitos. b. Ser ladrón y servir a Dios. c. Ser ladrón e ir al cielo.

21. a. Le besan la mano. b. Como un señor de unos cuarenta y cinco años, fuerte y moreno. c. Rinconete y Cortadillo. d. Que prefiere no hablar de eso.

23. a. Rezamos también por todos nuestros amigos... b. Yo os voy a dar muchos buenos consejos. c. Creo que sois dos buenas personas, y eso es bastante.

24. a. A robar. b. Para Monipodio. c. No, porque son sus amigos. d. Sí, para que roben para él.

26. a. alguacil; b. robar; c. bolsa; d. pañuelo.

28. c.

29. a. Monipodio; b. Rinconete; c. Cortadillo; d. la Escalanta y la Gananciosa; e. la señora Pipota; f. el Renegado y el Centopiés.

31. No son reales, son apodos; describen alguna característica de la persona.

32. a/d/e

33. a. Son prostitutas. b. Una cesta con ropa. c. Un vaso de vino. d. Para comprar flores para la Virgen.

34. a. Dos mujeres que trabajan para Monipodio. b. Son prostitutas. c. Está triste y enfadada. d. Ha tenido un problema con su compañero. e. Sí.

36. a. → d.; b. → a.; c. → c.; d. → b.

37. a. El Repolido. b. No. c. Se enfada y le pide que salga.

39. Introducción (lugar, personajes): Repolido va a la cofradía para buscar a la Cariharta, porque ella está enfadada con él. Problema (personajes, causa del problema): Pero ella no quiere verlo, porque él la pegó. Solución (personajes, solución del problema): Entonces, Monipodio y las chicas le dicen al Repolido que le pida perdón. Después, este le pide perdón a la Cariharta por haberla pegado. Finalmente, ella regresa con él.

40. a. Le dice que perdone al Repolido. c. Regresar con su compañero.

41. a. señor; b. trabajo; c. Chiquiznaque.

43. somorte → catorce; temarido → criado; solante → grande.

44. a. Que era mejor una cuchillada de siete puntos al señor que de catorce al criado. b. Probablemente porque tenía miedo. c. Monipodio defiende a Chiquiznaque, porque su función en la cofradía es ganar el máximo de dinero defendiendo a sus trabajadores. d. Para ganar dinero.

45. 1. adj. pequeño (que tiene poco tamaño). a. Pequeño, bajito. b. Apodos.

46. a. Chiquiznaque, que es muy cobarde, intenta hacer un trabajo peligroso. b. El trabajo de Chiquiznaque es un delito, y además una persona inocente recibe la cuchillada.

47. b y c.

49. En la ilustración hay varias personas. Están en la cofradía de Monipodio. El joven del centro está leyendo un libro. Las otras personas están escuchando.

50. a. Dar golpes y cuchilladas. b. Chiquiznaque y Maniferro. c. Cincuenta escudos por las cuchilladas y un escudo por cada golpe. d. No, porque es muy larga.

51. c.

52. a. mal. b. vida. c. amigo. d. meses.

53. 1. Rinconete y Cortadillo juegan a las cartas para robar dinero a la gente. 2. Monipodio es el jefe de una cofradía en Sevilla, donde trabajan delincuentes. 3. La Cariharta está enfadada y triste porque su compañero la ha pegado. 4. Rinconete lee el libro de trabajos de la cofradía, donde están escritos los trabajos por hacer: dar golpes, cuchilladas, etc.

54. a. Sí, en el mercado de Sevilla, al robar al estudiante. b. No, se la ha robado. c. Porque tiene las manos fuertes, como el hierro, para dar golpes.

55. Nombre completo del escritor: Miguel de Cervantes Saavedra. Título completo de la novela: *El ingenioso hidalgo Don Quijote de la Mancha*. Año de publicación: 1605. Los dos protagonistas principales: Don Quijote y Sancho Panza. Resumen de la historia: Don Quijote es un hidalgo castellano que de tanto leer novelas de caballerías se vuelve loco y se cree un caballero andante. La novela narra sus aventuras por Castilla acompañado de su fiel escudero, Sancho Panza.

56. a. Torre del oro. b. Reales Alcázares. c. La catedral de Sevilla. d. La Giralda.

NOTAS

Estas notas proponen equivalencias o explicaciones que no pretenden agotar el significado de las palabras y expresiones siguientes, sino aclararlas en el contexto de *Rinconete y Cortadillo.*

m.: masculino, *f.:* femenino, *inf.:* infinitivo.

[1] **venta** *f.:* lugar donde antiguamente se podía dormir y comer. Las ventas estaban situadas en medio del campo, cerca de los caminos por donde pasaban los viajeros.

[2] **capa** *f.:* prenda de vestir larga y suelta, sin mangas y abierta por delante, que se lleva encima de la ropa a modo de abrigo.

[3] **espada** *f.:* arma blanca de hoja de acero larga y recta.

[4] **caballero** *m.:* en la Edad Media «caballero» era el noble que, en la guerra, peleaba a caballo. En el siglo XVI se usaba esta palabra para designar o dirigirse cortésmente a un señor.

[5] **cortar:** dividir una cosa en trozos (con unas tijeras, con un cuchillo...). Aquí, cortar tela para hacer chaquetas y pantalones.

[6] **sastre** *m.:* persona que hace trajes para hombre.

[7] **bulas** *f.:* dinero que se pagaba a la Iglesia para no tener que seguir ciertas prohibiciones, tales como el «ayuno» (la Iglesia prohibía comer cualquier alimento ciertos días del año) o la «vigilia» (prohibición de comer carne en fechas concretas).

[8] **reales** *m.:* monedas antiguas de muy poco valor.

[9] **cartas** *f.:* con ellas jugamos al póquer, al *bridge* y a muchos otros juegos de mesa.

[10] **la veintiuna:** juego de cartas muy popular en los siglos XVI y XVII. En él ganaba la persona que antes conseguía veintiún puntos.

[11] **bolsas** *f.*: aquí, son los saquitos donde los hombres guardaban y llevaban el dinero.

[12] **Corregidor** *m.*: magistrado que, en nombre del rey, administraba justicia en una ciudad.

[13] **trucos** *m.*: técnicas para engañar a los demás.

[14] **trampas** *f.*: engaños que se hacen en el juego para ganar a los demás.

[15] **pelear**: aquí, luchar dos personas e intentar hacerse daño con armas o con las manos. También se puede pelear solo con palabras.

[16] **cesta** *f.*: recipiente hecho de mimbre o cualquier otra fibra vegetal y que sirve para llevar ropas, frutas y otras cosas.

[17] **escudo** *m.*: moneda antigua.

[18] **servir a Dios**: adorar a Dios y seguir sus mandamientos.

[19] **rezamos** (*inf.*: **rezar**): pronunciamos oraciones dirigidas a Dios o a los santos.

[20] **patio** *m.*: espacio abierto o con techo de cristal, dentro de una casa. Las casas con patio son muy típicas en España, sobre todo en Andalucía.

[21] **Nuestra Señora de las Aguas** *f.*: Nuestra Señora es la Virgen María, madre de Jesucristo. En los países católicos muy devotos de la Virgen, esta recibe muchos nombres distintos y es tradicional rendir culto a «una» Virgen en particular, según las regiones, pueblos e incluso barrios.

[22] **Virgen** *f.*: ver nota anterior.

[23] **cofradía** *f.*: originalmente, grupo de personas que se reúnen por asuntos religiosos (por ejemplo, para rezar a la Virgen o a algún santo). En la lengua de los ladrones se refiere a una organización de personas que se asocian para realizar malas acciones.

[24] **vigilantes** *m.*: aquí, personas que se ocupan de avisar de los peligros.

[25] **alguacil** *m.*: empleado del **Corregidor**.

[26] **vestidos escotados** *m.*: vestidos que dejan ver parte del pecho.

[27] **prostituta** *f.*: mujer «de mala vida», que vende su cuerpo a los hombres.

[28] **Flandes**: nombre dado a los territorios que comprendían los actuales reinos de Holanda y Bélgica, y parte de Francia.

[29] **protector** *m.*: persona que protege. Aquí, se llama «protector» al hombre que vive del dinero ganado por una prostituta.

[30] **cardenales** *m.*: manchas moradas que aparecen en la piel como resultado de un choque violento contra algo, un golpe, una caída, etc.

[31] **me ha pegado** (*inf.*: **pegar**): me ha maltratado, me ha dado golpes fuertes.

[32] **dar una cuchillada:** cortar a alguien con un cuchillo. «Cuchillada» es el golpe que se da con el cuchillo y también la herida que resulta del golpe.

[33] **cuchillada de catorce puntos** *f.*: el médico debe dar catorce puntos para coser o cerrar la cuchillada.

[34] **criado** *m.*: hombre que trabaja en casa de otras personas y recibe por ello dinero, comida y cama.

Dirección de arte: **José Crespo**
Proyecto gráfico: **Carrió/Sánchez/Lacasta**
Ilustración: **Jorge Fabián González**
Jefa de proyecto: **Rosa Marín**
Coordinación de ilustración: **Carlos Aguilera**
Jefe de desarrollo de proyecto: **Javier Tejeda**
Desarrollo gráfico: **Rosa Barriga, José Luis García, Raúl de Andrés**
Dirección técnica: **Ángel García**
Coordinación técnica: **Fernando Carmona, Marisa Valbuena**
Confección y montaje: **María Delgado**
Cartografía: **José Luis Gil, Belén Hernández, José Manuel Solano**
Corrección: **Gerardo Z. García, Nuria del Peso, Cristina Durán**
Documentación y selección de fotografías: **Mercedes Barcenilla**
Fotografías: **Archivo Santillana**
Grabaciones: **Textodirecto**

© 1991 by Universidad de Salamanca
© 2008 Santillana Educación
Torrelaguna, 60. 28043 Madrid
En coedición con Ediciones de la Universidad de Salamanca
PRINTED IN SPAIN

ISBN: 978-84-9713-062-2
CP: 908913
Depósito legal: M-32483-2009